U0667200

新时代诗库·第三辑

冶工记

薄　暮　著

中国言实出版社

《新时代诗库》编委会

新时代诗库

薄暮，河南商城人。中国作家协会会员。曾出版诗集《我热爱的人间》等。

Bo Mu, born in Shangcheng, Henan Province, is the member of China Writers Association. He has published a book of poems named *The World I Love,* etc.

父亲的铁器（代序）

父亲把铁，分成两种
一种用来打制
斧头、柴刀、凿子、钉子
一种是我
用来打

用他的不顺心打，不得志打
吃亏上当打，邻里斗气打
用鸡叫三遍时的风雨打
用低吼，用竹竿和土块
追着打

铁了心打掉我的犟、懒、笨
打掉不认错、不求饶、不声响
藏在铺草里的小人书、枕头中的梦游
打掉我对农事的不协调
对山路的挣扎

对小河流淌方式和方向的想象

终于把我打造成一类铁器
像斧头、柴刀一样锋利
常常割破自己
像凿子、钉子一样孤独
一辈子和天空过不去

目　录

CONTENTS

第二辑　所有物质都是精神

第三辑　内部的光

第一辑

有别于一切苍白而轻盈的事物

谁发现了铁

那块陨石
从天外来，刹那间照亮青铜时代
大地上跳跃，乱石上奔跑
发出从未有过的鸣响
是谁最先听见，伸开扭曲的手指

谁发现石中有铁
怎样将它呼唤出来，用什么
将它千锤百炼，锻打筋骨和寒光
然后，削铁
如泥

谁发现脚下有铁，从此不必仰望
星光。黑、灰、红、黄、绿的石头
击出繁星、火焰、紫烟
开凿铁河，滚滚流过，浇铸岁月

谁发现我身体里的铁
熔化、提纯、精炼、轧制、淬火
从滚烫到安静，从粗粝到温和
从脆硬到坚韧，从热烈到沉默

谁发现了生命中的铁
不再是物质
信仰铁，磷火有金属之声
被生锈，也让人一眼认出
被折弯，呈现生命般的韧性
被一再投入炉火，因为
是铁

第一场秋雨

第一场秋雨连夜赶往黄河
一靠近钢铁厂就放慢脚步
炉风嘶鸣，它有一些颤抖

以为厂区上空炽热的圆光
会一瞬间熔化雨幕，或者
雨脚慌不择路，撞上太行山

它却稳稳地停在头顶
像一尊通体透明的神
高炉不是心脏，是心

半生遇上无数场秋雨
反复叩问窗后躬起的脊背
这一次，突然有相拥的冲动

第一场秋雨，让彻夜不息的光和影

变得温润、绵厚、平滑，富有节奏
像神亲手击打自己的磬

冶铁者

如果我仍是一位老师
在乡村学校，每天打磨
一颗颗顽石，让他们相信
自己是最好的矿藏
席地而坐，天空更近

那时我刚刚大学毕业，和他们一样
心中有铁，用各自的法术提炼
拒绝外力作用，寻找形而上的方式
发出不同声音。我们以为
变身新的金属，其实
只是氧化程度不等

如今在一座钢铁工厂
每天面对矿石焦炭、高炉转炉
把铁从亿万年的黑洞中叫醒
用最烈的火、最重的力、最细的心

让它们耐磨、耐候、耐腐蚀
板材长材型材，都不是纯粹的铁

与不同物质相处融洽
才能各安天命。算不上秘方
我却穷尽一生，没有克服排异性
一看到铁流呼啸而过
热血沸腾

炼轧车间门口看到一只刺猬

轧机响一声，你颤一下
但轧机一刻不停地响啊

一朵鸢尾花藏不住你的呼吸
我几次要俯下身去
捧起，又担心
会扎痛你

良久，才发现你在轧机声中
双眼迷离，像一个婴儿
在摇篮里

这与我完全不同啊
第一次看到一字排开十台轧机
几乎要击穿大地
我屏住呼吸，像一块铸坯
走向钢材，急切、亢奋、战栗

风雪中的炼铁厂

当我在中控室捕捉跳动的数字
大雪从太行山上起身
工业旅游景区枝柯简洁
鸽子笼睁开眼睛

隔着宽大玻璃幕墙
三号高炉开始出铁
无须用任何形容词代言
铁水成河，不停奔涌

我总是不能于内部观察
一块矿石从深处献出血液之前
怎样与焦炭促膝谈心
失去自我的一瞬，热烈而决绝

我总是不能用这一切
交换冬天的隐忍与锋利

狭小控制台
每一个数字，都有绽放的温度

当我走出炼铁厂
鸽群正领着风雪呼啸而去
它们的翅膀有别于这个世界
一切苍白而轻盈的事物

钢铁厂的风从来不会平静

钢铁厂的风从来不会平静
每一个角落都能遇见
并不总是那么炽热，有时
温顺得像一束秋天

所以，你从没见过这么金黄的谷粒吧
它们在黑色矿石里孕育
在黑色高炉呵护下生长
在黑色焦炭围拥中脱胎
一出生，点燃火红的风

当钢液慢慢凝固，风把自己缓缓推向
目光之外。轧机轰鸣
果实正走向成熟。风在四周挥手

它们出门远行。风在等候
等它们带着全世界的重量回家
从赤金炉火中生出更长翅膀

仿佛祖居之地

天空很薄，云朵有更大密度
让人变得柔软，又更加坚韧
分明是肉身，血管中流淌火焰
反复与一座山相搏
轧机声如犁铧般明亮
冷床比打谷场有更浓重秋色
果实昼夜轰鸣
在这里，只有简朴才富有色彩
热风一再调高晨光的速度
光明与力量相互熔炼
浇铸、塑形、磨砺
在高处端坐，也在平地奔涌
让人仰望、沸腾、心安
更让人亲近。仿佛祖居之地
第一次到来也能随处找回自己

面对铁

想不到后半生
面对铁
它不是锋利的、炽热的、沉重的
有血有肉，有筋骨
有自己的名字，有奇异表情
可以纸上行走，听觉里奔跑
带给我枯坐与远望、竹篙与流水
一棵迎风挣扎的芦苇
一粒一粒摘去头顶上的颖果
终于将自己折断，成为
图表上的曲线。这时，必须开窗
让大平原起伏着
靠近我。多么厚重的依托
灯光从黑暗里跳出来
胸腔渐渐炽热
熔化躲闪的双翅和下坠的哀鸣
我从没有因此变得坚强。面对铁
对自己更加锋利

中年

慢慢喜欢钢铁厂的日子
可以兴，可以观，可安眠
煤炭焦化，脱去杂质和水
烧结机缓缓转动
高炉如一座孤峰，风从两边经过
安静，机警，如同双兔傍地而走
似乎已无太多疑惑
没有一种声音是无用的
在这里，虚空与寂美
都不能与废钢的锈色相提并论
靠近任何一顶安全帽
脚印都会雕刻铁的轨迹
前半生一瞬间模糊
矫直、切尾、裁边、剖分、定尺
中厚板睡得踏踏实实

钢铁之晨

生活之重，从未重于生活本身 *
如果有，减去今天早晨

很早起床
一件罕见的事：
看到这座钢铁工厂紫色的天际
试着找出一种植物来形容：
桔梗花、薰衣草、曼陀罗、风信子

都不贴切，它就是紫色
慢慢变成紫红，
迅速变成橙红，一眨眼
金灿灿的，耀眼而温和
像高炉出铁，转炉炼钢

移时之间，它将照亮
炉前滚烫的脸和天车上的鞋子

此刻，我已清理过隔夜茶
将书签带拉直。穿上
和明天一样尺码，另一件蓝色衬衣

* 语出王计岳《赶时间的人》（台海出版社，2023 版）

入夜

夜晚的厂区没有星空
灯火繁稠，一如这个秋天
争相呈现的果实
焦化、炼铁、连铸到轧材
声音越来越大，不可能兼容
秋虫与落叶的共鸣
热烈不属于任何迟疑
风把自己风干，轻轻一擦应有火花
这样才能与奔腾的铁流相互碰撞
才能对无数人仰望的星空视而不见
没有一种物质如此柔韧而坚硬
没有谁的欲望经得起千锤百炼
走在钢铁厂，多走一会儿
所有空旷都那么逼仄
一个人的呼吸渐渐富于节奏
像还原铁，像铁吞下茫茫黑夜

被熔化的雨幕

你见过风雨中的炼铁厂吗
见过天色愈暗愈火红的光焰吗
见过雷电突然转弯的高度吗
见过像雨点一碰就碎的黑夜吗
这一生经历多少恐惧
从未如此平静
仿佛背负干将莫邪
苍茫雨幕只是剑鞘，所包裹的
光芒让身外之物如同废墟
让一切暗示与箴言都露出矫饰
炼铁厂吞下焦炭和矿粉
亿万年在地下积蓄的光明
一瞬间熔化天空
没有更高处可以安放
铁河滚滚，消纳无边无际的雨声

仿佛一切不曾发生

夜的狰狞只是让钢铁比闪电

更痛快表达的背景

钢铁厂的芍药

唯独钢铁厂的芍药，有雪霁般的花
沉默着，发出明亮的声音
不然，谁还能叫醒我呢

机器轰鸣。天地寂寂。高处的椿芽
和低处的酢浆草都探着头
张望。阳光走了一夜

芍药是最里面的一道光
引我靠近，驻足，均匀地呼吸
练习如何自处

春天　在钢城醒来

昨晚，炉风和轧机的脚步声
越来越细，越来越轻
满天繁星塞在耳朵里
像遥远的牛铃，像桃花间的飞雪
像一种若有似无的哼唱

清晨，有人呼唤一个名字
开始，是在菜地的露珠上
然后在柴火灶隔壁的杉木门外
在熄灭的煤油灯边
像一道光那样呼唤
像蓑衣上的雨滴那样呼唤

多么熟悉的名字，这是谁的名字
直到听出母亲的声音
才突然想起那是走失已久的乳名

猛地醒来，急切地回应着
炉风和轧机带来浩浩荡荡的春天
一下哽住我的喉咙

一块矿石的心境

只有在钢铁厂，才能
以一块矿石的心境
仰望高炉，打量焦化厂和烧结机

在很多地方看到钢结构的
化工厂、商场、火车站、货运码头
风在其间穿梭，薄而尖锐

只有钢铁厂，阳光有浑厚的声音
从每一座车间、每一片树丛走过
无论何时，都可以倾听

让一块矿石想到旷野，想到山谷
想到幸运。只有成为这里的一部分
才能从自己身上找到自己

这里，风是宽广的，传来与带走的

声音，都在胸腔中回响

抵抗从人群中出入的空和虚

磨刀石

早春二月，参加一个钢铁会议
突然想起老屋门后
那块磨刀石

我对钢铁的最初认识，来源于
一把生锈的柴刀或斧头
因之变得明亮、冷静、确切
令人信赖，又望而生畏

只是一小块褐红色沙岩。一面
凹陷、温和，与一切顿挫为敌
当刀口在拇指上果断发出
风雨之声，小心别在身后
与丛林商讨盈余的意义

钢价震荡不止。大家都试探着
与资本相互角力。如果我

带着这块磨刀石来到会场
一定能轻松算出
一棵还没发芽的麻栎树
倒下的速度

春雨之夜

这场雨，与去年一样
下得不紧不慢。中间经历了什么
让一切变得平缓

一如往常注视着烧结机、高炉
没有被淋湿的迹象
它们似乎可以接受春天
以任何方式降临或穿越

听见它们安稳的气息稍稍远了些
雨还在下，水蒸汽不断上升

从树丛中飞起亮红的光
是铁水又在这一侧流过
与春雨有着共同的想象或向往

此时就会感到温暖平和

这世上，没有两种物质不可相融

我睡得很晚，雨也下到很晚

真正的声音

亿万年的矿石，只有在这里
才能脱去所有外衣
像一个婴儿，赤裸着
咿咿呀呀地歌唱
仿佛世界的中心

这一刻，我也是自由的
在钢铁与火焰的丘陵中飞翔
像一只终于找到翅膀的椋鸟
在山谷、疏林、村落、农田、草地
搜寻金龟子、步行虫、象鼻虫、叩头虫
像花蕊和果实，寻找一切爱过的事物

我知道将从此接受外力的选择
被暴击、被折弯、被矫正，甚至被割裂
但听见自己真正的声音
那来自亿万年前婴儿般的声音
那以为早已锈蚀并在人群中失踪的声音

钢铁厂的树林

此去便是秋天
我用不着犹豫

一到时候有些树果实成熟
有些树落叶
一切都自然而然
但走在钢铁的森林里
秋天并没有走在我的前面

经历种种风雨
与这些树亲如兄弟
但我愿意把他们留给秋天
包括果实和落叶

果实将在明年发芽
落叶会在泥土中归于泥土
各得其所

这是我把他们留给秋天的
原因之一

另一个原因
是我还要怀揣高炉走向冬天

今日大雪

1

当雪成为一个动词
或者一种极简主义——
年轻时，思考这些问题
多么浪漫，多么遗憾
如今，一直复习忘记

2

在钢铁厂，每个早晨的冷暖
都在怀抱之中
很多事，正放生未来

关于未来
——如果曾在黄河边生活
一定见过凌汛，初春的阳光下

以为看到了最晶莹耀眼的冰

每一片，都饱含泥沙

3

今日大雪，一片雪花也没有送达
钢铁厂的节气似乎无关季节

深夜，大风高歌猛进
禁不住起身，拉开窗帘
星光一下灌满房间——
多么不可思议，我听见
雪在星光中
纷纷扬扬

暖色调的词

冬至之夜，寻找一个词
一个暖色调的词

雨走走停停
拍几下窗户。然后，再拍几下
它多么寂寞啊
连我这样少言寡趣的人
也当成对门邻居：
多好的夜晚，我们喝一杯

这时就想，暖色调的词究竟是什么
一连找到十二种色彩
却叫不出它们的名字

当我看到铁区上空的光焰
觉得自己肯定是幸福的
譬如，在这湿冷的冬夜

面对浪费、荒芜、喑哑和不调和时

雨声都亮出温暖的双翅

找到

清晨，在钢铁厂散步
白鸽还没出笼，偶尔传来
翅膀轻轻扑打和咕咕叫声

铁区的水池旁边长满构树栾树
站在那里，细听风机嗡嗡转动
不住地转动。听着，听着
空气开始旋转
水池里的天空缓缓上升
——我在飞
不同于鸽子和风
闭着眼睛，大地在腋下扶摇
钢铁厂在怀里长出白云

似乎从前无数次早起
只是为了生活
今天，第一次遇到我

遗址

从动力部楼顶望去
围墙外的洹河细得像一条缆索
对岸是三千年前的遗址
突然想，再过多久，谁将看见
我站在树枝上眺望

仿佛坐拥无限时光
但不敢张嘴，那衔着的流水
细得像一秒钟

我将是谁的遗址
将在哪一块耐火砖中
被矿石叫出名字

大风刮了一夜

大风刮了一夜。我知道
之于钢铁厂，约等于无
但因何彻夜不止，带走哪些消息

一大早，热风炉的声音明显偏向一边
工业景区的鸽子准点放飞
翅膀比昨天明亮

火车自顾自从厂区穿过
留下钢轨。一架梯子伸进矿石的记忆

蜀葵已经结籽。记得它刚刚开过花
那么多，那么大

这里的生活

常常搜寻合适的语言
最高的白杨，最低的小龙柏

如果我在其中，说话的方式
如同一块焦炭，还是一炉钢水？

它们都那么明亮、直接、热烈
所有树叶都能听懂

这时我总要深藏着脆弱。奇异的是
身体渐渐被轧机声压缩，又拉伸

在钢铁厂植树

我们在钢铁厂植树
在钢铁森林中培育森林
在春风中化身春风

要栽能够长得更高的榉树
高炉上的云彩可以筑巢、孵化星辰
也栽常青的冬青，每个节气都擦亮钢轨

浇水、培土，像矫直机那样执着
花会按时开放。新推出的红焦
远远就能感到欢腾

我们植树，把整个钢铁厂
栽在森林里，和青鸲、乌鸫、麻雀一起
飞翔，穿梭，栖息

与退休职工聊天

与秋天隔着两杯茶，热气扶摇
他卡其工装左臂插着
红蓝两支水笔。仿佛还没退休

他说四十年前，晚上，几公里外
都能看到我们工厂
炉火遮住太行，轧钢车间
震得汗珠咣当咣当响

那时想，能到百万吨多好
每天戴着护目镜，站在炉口，习惯
喊着说话。家属楼铁勺碰炒锅的声音
盖过京广线的火车。眨眼迈过千万

如今一公里长的车间，不见一个人
十台轧机密不透风地响
中控室一排电脑，数字跳得眼花

到你这儿喝一杯茶

我们端起茶，耳边
落叶有声。他说话一直那么轻
杯子慢慢递到嘴边
比一座钢铁工厂还重

挥汗

碗不能再小，至少盛得下
四千八百立方高炉
你却羞于抬头，如同我担心
有人发现自己跟前这只碗
仅仅看起来和你的一般大

必须有滚烫紫菜汤
才配得上女精整工
每天五百度高温
当然加一瓶冰镇啤酒，回家时
双臂灌满风
你像一只蝴蝶飞行

当然要把牛肉面吸得呼啦啦响
比轧钢声更响
我站在旁边，才像
你眼中的一块方坯

水面上的阳光

他们的笑容像水面上的阳光
平静，交融着暖意
一问一答，一问两答，渐渐地
哗哗流淌
手势像溪边捕鱼的翠鸟
迅捷，用力
突然问我一件事情
整个车间一下安静下来

多么普通的问题，并没有讨论
炉火与凛冬怎样相处
春天每朵花都应当有蜜。只是
头顶上的天空会不会漏雨

想起很久以前，大清早
母亲和我提着竹筐
走过一颗一颗露珠

坐在溪边歇一口气，她看着我
欲言又止。水面上的阳光
用力跳动着，流下山去

大门口

晚上，在大门口相遇
你跟我说，前头树林有点黑

我们只在原料场见过一面
你告诉我，从矿石颜色就知道
它们来自哪里。那一刻
也许你早已看出
我的成色和质地

穿过停车场，进入工业景区
路灯收走了落叶
枫杨和女贞时不时投下深潭
像市场中的旋涡：正是不想说
又反复提及的话题

走着走着，寒意就淡了
像你慢慢轻松的笑声

我找到身体里的光亮

告别时才想起，我们似乎
整晚都没谈论林中黑暗的事物

欻

“欻——”
他们的动词副词形容词
和快乐

当出铁口猛地打开
当中间包往结晶器倾注钢水
当方坯冲向轧机，钢板滑入冷床
当翻车机卸下煤炭，当鸽群起飞

语气必有爆发力
五指在颔下收拢，突然张开
稍作停顿，就省略大部分流程
代替了笑声，却让人振奋

不是一个字
是一种特殊回音
与他们告别，一连几天

耳边不时掠过短促的冲击波
盘旋着韧性十足的愉悦

唯一拥有自己动作的词
一经学会，就常常用以放弃什么
用来鼓舞或赞美什么

工业景区的孩子

他穿着白色靴子
红色小铁锹
铲开枯叶，栽树
水声往这边靠了靠，声音很轻

问他栽什么树
他说：不知道啊
问他为什么栽树
他说：春天到了，我的花开在哪里

足够

在炼铁厂呆得久了
风就有更大密度，更大浮力
让一个人不轻易
与黑夜讨论深浅，也不向
天空展开翅膀
这里已足够宽阔。足够

楝花

与我在平原上的城镇和乡村
看到的，没有区别
沉默，密实，树丛之上托举烈日

在这里相遇，又明显不同
厂区昼夜轰鸣
仿佛只有听觉持续灵敏

先是一丝香气，熟悉得有如方言
轻声叫着小名。又似乎并没有
我停下脚步，在心里应答着

终于在炼轧车间墙外找到
满树紫花，细碎得像一片曙云
让人忍不住尝一下天色的味道

在树下站一会儿，只能站一会儿

就急忙转身。与时间无关

岁月中满是开片之声

只有重复的夜

在这里，没有逝去的夜
只有重复的夜
铁与铁的呼喊，钢与钢的撞击
风与热的燃烧
红色、黄色、白色、蓝色的光
一寸寸切割流水
那么仔细，有的可以钉在天空
有的可以楔进时间
有的正装饰花朵，有的正梳理
书页上的字行和台灯的光
更为纤细的，进入我的身体
像微量元素，不至于贫血
有正常的免疫力
抗氧化，清除自由基
铁氧化物失氧的过程叫还原
我反复出入钢铁，多么荒谬啊
竟然看到自己的影子

夕照

这是阿房宫还是大明宫
光明顶还是玉皇顶
整个厂区不再黑灰白
连盛夏的燥热也透着金光
一阵响过一阵的蝉鸣
都是一片大似一片的金箔
怎么没有人走过呢
怎么没有人停下来和我一起
打开胸腔，拼命捡拾金子呢
肯定有人和我一样
眼看着天空正收回它的恩泽
扼住双腕，默不作声
暮云渐次变成紫色、褐色
像轧材慢慢冷却
巨大的空静，穹庐一般
笼罩四野，心中牛羊安详
苍山和青草

在到处奔腾、呼啸的钢城
布设宽大心境

淡月记

月亮在钢铁厂上空总有些暗淡
如同一个苍老游客
凝视时间新雕刻的群像

它曾在江边用光砌成赤壁和舳舻
接春风上岸，送东坡醉归
今晚厂区里，灯火只与天空
商谈盈余分配

每间中控室，光标追问显示屏
像有人频频举杯向青天打听明月
一条条曲线，恰似群山

心跳的高度

在钢铁厂反复写到天空
这里，总是需要仰望

焦炉除尘器、脱硫脱硝塔
热风炉、高炉，天车、铁水车
鼓风机、连铸机、轧机
都直接与白云对话

我常常屏住呼吸
努力听懂它们的语言
音量不能用大小来衡量
要用深刻与肤浅

在钢铁厂，总觉得自己很轻
又不能平地飞起。走得久了
渐渐感到踏实
每一种声音都具有磁性

在这里，仰望的不是天空
是钢铁长翼飞过心跳的高度

欢乐颂

沿着八百米钢与钢的撞击
幽暗处渐渐变薄，透出光亮
真正的铿锵
可以奏响任何旋律
这时想起什么都会完美呈现
如果是《大海》
唱歌的人还像当初那么年轻
如果是《梁祝》
化蝶多么幸福
如果突然想到《命运交响曲》
一定能找到合适位置
还是《欢乐颂》吧
世界上没有一支乐队如此优秀
高线车间用三十台轧机
代替钢琴、木琴
大提琴、小提琴、长笛、圆号
重唱、独唱各个音区

空气庄严，阳光磅礴
大风开裂，抽出纤维，如拂尘般
掸去一切轻的事物。每走一步
都是熔融过程

夸父

夜色淹没大平原
钢铁厂仍像夸父一样奔跑
甚至能看见落日在地下潜逃的裂纹
但它只是向上奔跑
与所有星辰的路径完全不同
拒绝一切倾斜的事物，包括天河
拒绝一切残缺，比如下弦月
必须连续、流畅、完整
要有思想者矫健的侧影
有掷铁饼者爆发着的沉着
铁与合金各得其所，彼此呼应
纯氧在钢水中游走，又时时探出身
——不用担心。夜色广阔
我正重新将它一点点装进转炉
连铸机有足够耐力
让它赶上日出

望春玉兰

钢价下挫，已两月矣
在厂区徘徊，想找到一架梯子

肯定不能爬上云端
测量河水转弯的弧度
鱼群溯流而上，拖着
刻满鳞片的云彩

只想在望春玉兰的枝头
看它执着地向谁发出邀请
偏偏漏掉一个昼夜仰望的人

倒春寒在下午抵达，比冬天
更有穿透力。玉兰树摇晃着
扑上前来，似乎想
一把将高炉抱在怀里

曙色

钢坯由红色、黄色到蓝色、黑色
像一种光对抗时间的过程
常常从这里搬运
有热力和重力的事物
漫漫长夜，万籁俱寂
脆弱的部分被一块一块焊接
像江河边的栈桥
风雨只留下风雨之声
岁月收获它的从容。我总是这样
让自己缓缓入睡
消除热脆和冷脆
无论这一天有多少条裂隙
淬过夜色，恢复塑性和韧性
与晨曦浑然一体

有限的时间

在有限时间里
钢铁工厂的嘈杂与安宁
该如何区分
所有机器都具有温度
在最寒冷的冬天
四周也有光线发生明显偏折
空气在沸腾。慢慢观察，就会看到
它们始终于寂静中完成
矿石的铁原子、钢材的晶体
以及焦炭的蓝色火焰
都保持陡峭与纵身之间的呼吸
一切成长皆是还原，还原就是还愿
就是找到一种庇护所
没有外在的氧化和内在的氢脆
只有与自己彼此成全的欢喜

蜜蜂

从不说一座钢铁工厂的重量
因为宽度才是一种勇气

当我在归航的甲板上
听到熟悉的钢音，就觉得自己
是一只蜜蜂

茫茫大海啊
每朵浪花都噙着泪光一样的蜜

第二辑

所有物质都是精神

钢铁工厂

许多年，与无力感相互氧化
深夜听见锈迹疯长之声
没有疼痛，困倦和无助更具腐蚀性
像一块矿石，沉积在城市河床

此刻，铁水如同少年的小溪
明明清朗有声，却在往事中
缄默流淌
高线仿佛母亲刚刚搓成的麻绳
用来编织信心
一方一方钢锭，石步一般
送理想过河而去

为何在钢铁工厂所有物质都是精神
一个生长形容词的地方
火红、炽热、坚硬、柔软、洪亮
无数动词副词由此派生

名词，只有一个——

力量

高炉炼铁

黑灰、青灰、暗红、土黄
都不是本色，只是时间
赋予矿石的记忆

远渡重洋，跋山涉水
被破碎、被碾磨、被烧结
亿万年睁开睡眼
向天空奔跑的轰鸣

和黑色焦炭、白色石灰石一起
从炉顶涌入
与上冲喷射的热空气迎头相撞
爆裂、翻滚、升腾、坠落
烈焰中
从深处啄破，把自己啄破
血一样滴下来
滴下来——

真正的浴火重生
焦炭燃烧，生成一氧化碳
将铁矿石中的氧，夺出来
还原铁
石灰石将所有固体废物
结成炉渣
浮于铁水之上，去伪存真

赤金之河流淌着
四周呼啸、奔腾的，只是空气
铁，安静地走自己的路
温顺而坚定

起飞

终于看到向下流淌的烈火
热风扑面
突然长出双翅

随着金色溪水，使命般
寻找出口。一万次想象
光焰中重生，起飞的角度

一定会直直冲向天空吧
熔化纯净的蓝
黑色大地上，群星飞溅

多么笨拙的飞行
从不选择自由。每一次
从岩石破出，孤芳般的欢乐

地心跳动

落日会掉进矿洞吗
前面总是那么光亮，总是
那么不安
负四百米，听见地心跳动
整个山体一张一弛

左心房，钢轨向幽深处静静爬行
右心室，铁矿石轰鸣而过
我突然想要拥抱
当掌子面风机像有人窃窃私语
当滴水声像老街石板路上
越来越近的眼神
世界多么遥远，只剩下头顶
落日般金黄的矿灯

罐笼缓缓升井，天空小过安全帽
即便它又笼罩整个矿区
也没有大过井口的一朵波斯菊

矿石

恩岑斯贝格说：
一条好汉掩埋在我的肉里

你日夜奋力挣脱氧化的牢笼
破土而出，慨然走向研磨机

必须一遍遍打碎自己
才能找到修改命运的密码

在烈焰中，精灵般降落
慢慢汇成赤金之河

从不回头，却让空气变得弯曲
把所有暴击当成欢呼

你让一切事物变得坚定、沉稳
唯有自己将再次氧化

能分辨矿石与废钢的深呼吸吗

在高炉中，在我的身体里

焦炭

所谓炼焦
就是让轻的走掉
让重的留下

看似燃烧，不是我所看到的燃烧
窑炉极度高温下，煤中的挥发物
尽数挥发

吸入空气，就烧成煤灰
隔绝空气，干燥、热解
再高温、黏结、固化
成为焦炭

简单得像一生，复杂得
像一次回头

干熄焦

为什么带走温度就会熄灭?
秋天带走夏天，时间还在奔流

它有香甜的名字：红焦
刚出炉时，适宜写一篇童话
但它只能沿着固定轨道行进
所有构思都已无新意

多像中年回头
似乎自然而然放过未选择的路
谁带走了我们的激情
而道路还在自顾自地走

惰性气体由循环风机鼓入干熄炉
吸收显热，焦炭冷却，从炉底排出
中年之后天空更高
是我不断降落的结果?

如果我有思想，双脚稳稳踩住自己
热爱才真正升腾
像高温气体冲入锅炉，产生蒸汽
涌动电流

铁精粉

如果我是一块铁矿石
在地下氧化，与一座山融为一体
每次找回自己的动念
都带着大地的重量

脱胎换骨之前，必先粉身碎骨
铁精粉有如尘埃
在黑暗中卧听船舷外
大海深处，奔赴波涛的鲸鱼

每一个颗粒都有铁的本质
但从不能决定自身的价值
离岸和到岸都有码头
化验单上各种符号是人类的命名

经过烧结或者球团进入高炉
焦炭和氧气暴烈地熔解灵魂

倾泻奔腾的铁水，炽热而执着
究竟是死亡，还是新生

温度

如今，无论是汽油桶还是高铁
我都觉得亲切

只要与钢铁相关，就有温度
仿佛它们中间有我的呼吸

每次，亲眼看见一块矿石
破碎、研磨、磁选、脱水、干燥
在烈焰中怒号，如争夺，如挣脱

然后顺从地流淌，加入
各种律条，百炼成钢
被不同的力量训导、击打、矫正

在地下，就归于桩基
在海岸，就托举灯塔
验证漂泊，就装满原油出入风波

表达速度，就成为轴承和钢轨

屏住呼吸，就能听见从铁到钢的
信心、忍耐和向往
像一个人那样，有沉默的温度

邮筒

高炉风机的轰鸣洇染夜幕
厚实，均匀，让人缓缓下沉
炼轧车间钢板在产线上
滑行、停顿、滑行
像一个人在写信
夜晚向外移，雪花往里挤
我站在越来越辽阔的声音中
像一只邮筒

相遇

焦炭与矿石，谁成就了谁
就像我和这个秋天
谁先让对方弯下腰去

我们一定是彼此鞠躬啊
虽然我走得长一些
它飞得宽一些

在收获与失去中相遇
才是真正的久别重逢。除了我们
没有人共同点亮内部的光

不是所有燃烧只剩灰烬
不是所有灰烬都容易安抚
我们相遇只为浇铸一颗坚韧的心

炼钢

钢与铁，只是含碳量不同
坚韧与坚硬的区别
为何一靠近转炉，就想起干将莫邪

一炉钢不过三十分钟
何来百炼钢
如果只为除去硅硫磷一众杂质
纯铁更干净，几可绕指柔
钢是黑色金属，又不等于黑色金属
我站在这里，又不在这里
莫邪以己殉剑
干将该用怎样一副心肠
锻打爱人的魂魄

这一刻，再难分辨坚韧与坚硬
将生铁熔炼成钢，是一种工艺
对传说信以为真
是我从未治愈的天真

废钢

同样烈焰焚身，同样千锤万击
处在边缘，则被裁去
谓之废钢

精炼、精轧、精选、精制
只要从一台机械中剔除
即成废钢

岁月柔软地推倒自己
万丈高楼的筋骨，瓦砾中
矜持而倔强，也只是废钢

在世上出没，常常夹带杂质
还有非你所愿，镀上的镍铜锌铝
一一清除

熔炼中吹以纯氧，脱碳脱硫脱磷

哪怕一千次托生，总有一部分

以废为名

熔炼

赤金之河从身边呼啸而过
四周空气剧烈颤抖
扑向转炉

最高境界就是纯粹吗
氧气代替空气，鼓入熔融的生铁
去除碳磷硫、有害气体
和非金属夹杂物。都不是
你所愿意拥有的
却要在一条条火蛇口中脱胎换骨

你锁在岩石里，和一个人锁在
万物里，有什么区别
你用亿万年走到高炉前
蓝火焰，红火焰，黄火焰，白火焰
从矿石中还原出来
是的，百炼成钢，就是还原

像人之初，像性本善

有谁知道纯粹如此炽热，不可靠近
如此明亮，不可直视
又有谁知道
纯粹如此柔软，容易生锈
还将投入哪一种熔炼炉

出钢

有许多话要说
在地底太久，黑暗中太久，沉默中太久
因黑暗而沉默，还是
沉默让地底更黑暗

氧化过程，不能都看作失去
与异质结合，是生存，也是存在

看到烈日的第一眼，没有感到天空辽阔
至少比起黑暗，它过于单薄
终于投入炉火
生命在最深处呼啸，铁流是宿命的马蹄

进入转炉，绽放不仅仅是一种快乐
更是占领自己的开始

一旦拥有全部，顿时倾泻而下

炽烈而纯粹地失去，点燃风

依旧沉默。明明交付于整个世界

却孤独得无人敢于相拥

连铸

钢包从顶上缓缓滑过
像黑夜举着橘红的花蜜

钢液有一种黏稠的芬芳
连铸台如同烤面包机
一个低血糖患者，饥饿感大于秋天

新切的玫瑰糕方坯，冷床上
均匀而轻盈，慢慢变成豌豆黄
变成山楂条，变成紫薯干，最后
黑巧克力棒堆放在贪吃蛇信子上

我永远不可能咽下它们
前头，轧机越来越响，一遍遍驱赶
这个转动着烘烤自己的稻草人

在热轧车间

卡其工装、蓝色口罩
小雨中，一一握手。看不清
我热乎乎的掌纹为他们制造的表情
走进四面钢铁的巨大厢体
一排轧机——这是他们告诉我的
吞下火红钢坯，剧烈震颤
反反复复，直到成为平板
滑到尽头，安静如一块冰
似乎从未经过烈焰和痛击

双眼再难离开
一块接一块涌来的方锭
每过一台轧机，靠近一次本色
从白得似乎透亮，到红得发紫
最后一片黑青
我在人群中被磋磨着，双颊发热
眼睛渐渐模糊，身体越来越薄

像一张桑皮纸，在钢铁工厂
怪异地飘动。告别时，他们
在中巴车外用力挥动手臂
把我扔回热风炉里

热处理

合金相图、相转变温度
如深夜的花朵，必须仔细辨认
才能通过纤弱的香气
看见颖果状的光
香气可能被土壤吸引
光也会被叶脉拆解。一路上
脚印轻叩每一扇窗。找到奥氏体
一群多边形晶粒：森林里
七个小矮人。它们有善良的高度
淬火，回火，退火，正火
加热，保温，冷却
心中一千次绽放的花朵
将在黑暗中发出
均匀而坚韧的光，用它开凿
想象力的河

热连轧

连续暴击。是宿命，是倔强，还是
入世？
板坯从烈焰中成型，又投入加热炉
不是温习来时路，是找回
本质、本心、本性

粗轧将厚度迅速减小。必须
先展开自己，天地才有边际

每一声，都是钢的音
像心跳冲撞世界的回声

精轧就是重复，像一生那样重复
从来没有人跑出自己
远走高飞者，都不过是万物的塑形

冷轧

冷轧并不冷
轧制也会使钢板升温

由热轧经过连续冷变形
太硬，必须退火：
材料通过高温炉
压减金属抗力，恢复塑性

降低硬度，才有前景
细化晶粒，才会致密光滑
削弱残余应力，才能防止变形

最后一道工序，叫精整：
检查、剪切、矫直、打印、分类包装
终于明白，谁造就我如此粗陋的一生

沙颍河

五米六，世界最宽轧机
比大平原宽。比我展开双臂
丈量的天空更宽

沙颍河从不喧哗
驮回大海和长江背不动的
矿石、焦炭、石灰石
彻夜不眠。钢铁厂汩汩流淌
比河水更蓝的宽厚板

沙颍河从此成为最重的河
它那么用力，像一个人
以毕生的远方锻打自己

补炉

一头巨兽：炉台颤动，炉门缓缓打开
吞天大口，通红，热浪卷起旋风
驯兽师说：现在补炉

炉膛中央，一团雪亮瞬间夺走视觉
猛地闭上眼，整个黑夜崩塌而下
你们要炼五色石补天裂？

突然想到那张天下流传的五元纸币
光芒四射，粗大钢钎和护目镜
直面暴怒猛兽

但我只看到他们从一辆小车中拽出
水管一样的喷枪，轻巧地
将镁质浇注料溅射进去

仿佛不是面对销钢化铁的转炉

一如儿时，竹唧筒把快乐滋满山墙
谁为他们驯服了心中张牙舞爪的野兽

可我终于不敢靠近
热风烈烈，几乎再走一步就会熔化
只能慢慢收缩躯体，低头或仰望

升井

罐笼探出井口
巷道里的幽暗和轰鸣还在身体里

——灰白的光沿着钢轨爬行
明知更深处还是回音
一滴水落在安全帽上，声响沉闷
而深刻。雪片切开山体了吗

运矿车从身旁经过，安静得
仿佛下一站就是家门口
我必须找到吸收声音的溜井

巷道像地层的气管
不知道风从哪里扑过来
几乎要把血液的热量带走
最暗处，需要其中的重金属吗

一出井口就被光穿透，再走几步
慢慢溢出雪霁般的清冽

运煤车

太行山中，一列运煤车
从山洞钻出来
在田野上、河滩上、芦苇上吼着
没有从前那么慢，也没有现在这么快

一转眼钻进
另一个山洞，车身越缩越短
就想一把揪住它。甚至
想跑到山顶，看它从脚下隆隆爬出
又被另一座山吞下

真没有什么特别原因
汽笛追问铁轨的声音无限远，无限近

绿色

在黑色矿石、焦炭中寻找绿色钢铁
如同在红色血液中分离白细胞
它肯定是存在的
相信才能看见

不同于在一条溪边思考大海
一块岩石爬满青苔
在黑夜等待极光
木栅栏上无数牵牛花在星河中涌动
看过了就会相信

钢铁习惯了烈火，习惯了灰烬
习惯了重生与永生。如今
从绿色中熔炼钢铁
从钢铁中生出新叶
沿一条小溪向大海跋涉
一朵牵牛花慢慢将星空拉近

灯芯

钢铁工厂之上，星星常常退隐
每次仰望，从未感到虚空

这里的黑夜坚实而壮丽
我被笼罩在光的穹顶之下

四周的黑暗让光芒更加耀眼
仿佛与世隔绝，又照亮人间

久久仰望，我会不会变成灯芯
像矿石去除杂质那样燃烧？

高炉检修

高炉检修，四周既冷且静
像一座空心塔，把风从地面抽到天上

我几乎想推门而入，虽然
它并没有门

炉火动天地，仿佛是一个传说
转眼之间，像我一样，空而沉默

炉壳变形、缸衬砖受损、渣口砖烧蚀
都需要检修。我还能更少一些吗

当我们谈到铁水

我们谈到铁水时
像说起老家的一条山泉

富含微量元素或矿物质
滋养一座城、一个时代、一种精神

流淌着的烈焰，从不会灼痛风雪
召唤一个个陌生人，推开自家的门

这里没有寒夜，不必闲敲棋子
一只火红的灯笼在空中缓缓转动

慢慢地，我们会沸腾——
当我们谈到铁水，就会触摸到内心

功勋炉

三百立方米高炉
在工业景区丛林中独享黄昏
看不出它的衰老
更像一个孩子，随时要跳起来
够枝头的李子
忍不住近前拍拍炉腹
想在肚皮上画一只蟾蜍
返老还童时，防小儿劳瘦疳疾
它将代替我从六十年前开始
重走这座钢城的来路
摔痛时，揉揉膝盖
拄一会儿自己
满身泥泞，梨花桂花梅花擦洗
二十四节气中都有热血奔涌
那些灼伤、挤伤、砸伤
只是加入一种合金
一次次熔炼、锻打、轧制

把我叫醒。然后
老得那么自然，那么安静

0.3mm 到 0.15mm

又要翻越一座高山
虽然只有 0.15 毫米

钢带上，任意两个点的厚度差
都不能超过头发丝的十二分之一

冷轧真的不冷。在二十辊轧机前
每一声，都让手心发热

我似乎经不起千锤万击
一颗心，正拼命爬山

领舞者

每一朵烟花都那么孤独
绽放只是记忆的回归

今早，晚樱突然在天空飞扬
在钢城的喧嚣与仰望中升腾

它们终将凋落，但不同于烟花
在星光下回归尘埃

它们为春风领舞，栾树白蜡的浓荫
擦亮焦化厂，收纳灰色记忆

这时候，想抱一下自己的双臂
都令人羞愧。整个厂区都是花蕊

进入钢铁

我将进入钢铁，包括曾经浪费的时间
还有突然的凝视、沉默、熔解

冶炼就是耐心地剔除杂质
那些容易氧化的部分，渗入信念

钢铁的命并不如钢铁硬
一个人进入钢铁，彼此添加新的合金

耐磨、耐候、耐腐蚀都不是唯一归宿
还会成为废钢，重新出发

烫辊材

这是最先输入轧机的板坯
一点点加热轧辊
热膨胀均匀，保证后续带钢质量

轧制的声音并无不同
没有人关心它能否成为标品

飞剪果断切除，码放在一角
像老之将至，一个人慢慢回忆

从矿石破碎、研磨
到烧结、冶炼、连铸、轧制、冷却
每种钢材都有自己的牌号
只有它叫做带出品

火焰

古人也和我一样相信火焰吗
把夜的豪猪架在上面
把寒冷安放于四周
把诅咒和恐惧扔进中心
载歌载舞，月升日出
从光明中取出铁，取出速度
断竹，续竹，飞土
打在我身上
相信深夜的高炉在雨夹雪的城市
像恒动的指针，表达时间的力度
风机不停，烈焰奔涌
总有片刻，忘记周遭市场的寒流
打开背上比森林更茂密的汗腺
剔除命运和生命中的脉石
岁月将从此软化、熔融、造渣
如铁水般流淌着
像光明本身

成分

在钢铁厂，总觉得比任何地方
拥有更多柔软
比如丰满的理想，又听见
“是的，我们就是这样的人。”
铁像血一样，从软熔带进入滴落带
穿过焦柱，安静中积蓄炽烈
空气瞬间激发，呼啸着
脉管中涌流赤金之河
还有随风摇摆的价格曲线
柔荑般向上生长，没有奔月的根茎
从成本里寻找，从金相和介质中寻找
五毫米与四毫米之间寻找
让它具有塑性，在大风中扶摇
更有日夜缠绕的声音
风机、轧机、火车、天车
不同声源、声波和共振
深夜变得又软又重，黎明又轻又稳

光穿透黑暗的时间越来越短
终于成为身体的一种成分

色彩

灰色车间，灰色轧机
灰色传送带，灰色工装
正方形的火，长方形的火，环形的火
射线的火，弧线的火
卷曲的火，直角的火
明明都是沉默的，纷纷发出激越的鸣响
像雷声，像号声，像汽笛声
像波涛，像暴风雪，像一个人跳跃着
喊起一群人奔跑
没有夜与昼，没有近与远
不是喧嚣，不是幻彩，不是象征和暗喻
火仅仅为了证实灰色
是一种无法测量的速度

比喻

矿石是灯芯，焦炭是煤油
高炉是灯罩。多么蹩脚的比喻
但铁一定是它们发出的光

走在人群里
不能指认灵魂，它们都穿着肉身
但我一定能感知发光的人

旷野

轧机前待久了
就想飞身上鞍

马蹄声像暴风雨往返驰骋
火红钢坯慢慢变成青色长路

打马而去，穿越峡谷
旷野上，曙光从云层中垂下梯子

轧机节奏均匀有力，我们不下马
天空正在降落

钢坯无穷无尽地飞行
它们将洒下星辉

分行

在轧钢车间，一切都要分行
热轧、冷轧，一条条产线
四辊轧机、二十辊轧机，像律诗
方坯、板坯、长材、板带、冷床
是自由诗。第一次读不懂
就一遍遍读。从结晶器到成品库
在操控室读，抛丸机前读
跟着调试员读，跟着精整工读
热浪中找出节奏
轧制声里捡起韵脚
当钢材乘着火车，驶入
教科书一样的原野，你将听见
它们正琅琅地诵读
铁轨上，那不被定义的
赤金的余晖

不相宜

这座高炉年迈、多病
渣皮已有脱落
冷却壁漏水，耐火砖衬正在变薄
但每天的铁水都是新的
赤金之河一刻也没有停止流淌
像一个老人，一定要早早爬起来
让晨曦将自己濯洗一新
才有力气把落日提回家
磨坊里灯火通明
——说出这个不相宜的比喻
是不忍心，提及死去的母亲

如果遗忘也是一种合金

在钢铁工厂潮水般的声响中
寻找寂静，是矿石从大地深处
回溯记忆
铁原子怎样进入岩体
如同我怎样进入钢铁
如果遗忘也是一种合金
熔融、提炼、结晶、轧制、矫直
我与铁原子交换细胞和生长因子
当一块钢板或一根线材成型
未来已经开始
我以铁的语言
与市场辩论价格与价值
钢材带着我的体温在寒流中远行
我们终将重逢
凭借内心波涛般的千山万水相认
已成废钢
仍有共同的心率和脉动

在烈焰中重构、重塑

路上落满黄昏，我们启程

深呼吸

成本函数有如肉身之路
从黎明前开始，从上月初开始
从去年底开始
知道我的起点，不知道它的拐点

每天飞速地计算出货量和
原燃料的剪刀差，手头上
可用资金像一根刚刚划着的火柴
熄灭之前，找到燧石

巨大的黑夜
不在于暗，而在于深
波涛中从无捷径
红日在水下像鲸鱼，空游无所依

它终要浮出水面，为一次呼吸
又掀起满满一个早晨的波涛

优美的弧线

另一条肉身之路

无形之手

无形之手一直打击钢铁的软肋
整个行业都深感剧痛
火热与坚强
竟治愈不了自己的病

口水是一种利器
常常万箭穿心
只有忍耐是一盏不熄的灯
慢慢点亮黎明

与一张报表争论，就是与自己角力
变得柔韧，像添加了镍和钼
变得耐磨，像熔入了锰和铬
从严冬开出的花
在荒寺石板上继续绽放

这是我的无形之手

不能治愈疼痛，可以培育无用之诗
不能让坚强成为钢铁，可以
一边喊着疼，一边像蜜蜂
从人影幢幢的市场中采集
稀薄的甜和心跳的力

唤醒

每座高炉都不是为了远走
是唤醒矿石中的山高水长

从海角来，到天涯去
中间是市场，如薄冰，如深渊

钢材的坚韧来源于人
想到这里总是羞愧着腾空躯体

能像高炉那样冶炼自己吗
让受伤的自愈
让爱憎显现自身的轻重
一条河，流淌只是形式
凝固着的沸腾，才能洞穿时间

面对

矿石一如破碎的浪花
复述惊涛

漂洋过海而来，披着西澳寒流
从日照港青岛港换乘火车抵达
深居内陆的钢厂缩紧身躯

唯高炉无处躲藏，嘶吼着
胸腔中，烈焰闪转腾挪
必须从原子开始修炼筋骨
传送带上，烧结矿缓缓爬升

每次看到这里，总像有人高举长矛
冲向风车。又似用一整夜丈量泰山
索求未知的日出

寻找

矿石中寻找铁
铁中寻找钢。星空中寻找灯
时光中寻找自己
总觉得将要迷路
铁走向钢却如此直接、决绝
总有什么在追赶，其实
只是自己步步紧逼
钢与合金相依为命，我们甚至
连自己都要躲避
钢铁车间一律开阔、通透
没有一座空洞的建筑
每次经过，被各种激越之声
烧荒，开垦，浇灌，催发
果实在深处闪闪发亮
每条道路都在收集落日
无论何时出发，都将途经自己
如同黑夜是光明的根基

第三辑

内部的光

在钢铁厂给母亲写信

母亲，我在钢铁厂给你写信
听见矿石在烈焰中沸腾了吗
这让我伏案的侧影
看起来似乎有些力量

其实你一直都知道，我逞强的时候
内心有多么不安。这一次不同以往
我的软弱是钢铁的软弱
也像老屋山前，那些竹子
之于风雪的软弱

多少次想告诉你
我的境况，像过去无数次欲言又止
每每见你，都像桃花那样报喜
梨花在倒春寒中，也开得那么用力

如今，两三万人的身家，让我

常常深夜乍醒。你在天上
我不能随便惊动
突然想给你写信

机器轰鸣，覆盖我的单薄和犹豫
掩饰字迹的漫漶和词不达意
但这并不重要，写完我就起身
像第一次独自出远门那样
决绝，忐忑，自信

母亲，你不识字，过一会儿
我会把信挂在桃树梨树的花枝上
钢铁厂的春风慢慢读给你听

一块铁

一块铁被选中
打制一把菜刀

竟如此踌躇——
炼成碳钢、锰钢，还是花纹钢

碳钢易于磨利，锰钢韧性良好
花纹钢必须反复叠打、热锻、冷轧
大小颗粒的结晶体熔合
如流水，如彩云，如木纹，如寒菊

一把菜刀而已
所要制伏的至坚之物
不过一根棒骨

这块铁，从高炉中奔涌而出时
立志削铁如泥。单纯得只是一个

单原子分子

一把菜刀，执拗地面世
不能改变被设计的形态
心底完美的纹理
一再烫伤自己

新颜

用废的锄头、镰刀、凿子
麻绳串起来，挂在门后
等铁匠来。铁匠肯定会来
从早到晚，熔炼，锻打
铁料变暗，放回火炉
反反复复，铁具成形。再次烧红
浸水冷却。砺石打磨。让它们展开
黛青色新颜

如今走在钢铁厂，下意识倾耳细听
一高一低，一轻一重，一快一慢
的清响，把山谷翻过来
盖住村庄
真的能听见。虽然
一朵紫薇的颤抖到高炉中光的跳跃
不同于铁砧上的小锤大锤
我愿意相信

两种铿锵彼此熔化、淬火、磨砺
大平原才有如太行披风
马蹄声激越，暴风骤雨之上奔腾

赤金之河与轰鸣之巅环绕四周
我依然怀念
最初的风箱和铁砧、火候与淬火
时不时从头跋山涉水

内部的光

钢铁工厂流淌着
比春天更饱满的色彩
鸟叫声在机器轰鸣中编织
巨型花篮
所有车间变得清丽
杂糅着六十年烟尘、汗珠和羽毛的
黑色土地，已濯洗一新
把阳光让进烧结机、高炉、动力厂
铁在最好的日子分娩，钢的啼哭
比晴空响亮，不同于任何翅膀
从热轧到冷轧，从呐喊到安静
一刻也没有停止灵魂般的驰骋
会比雨锈得更快，比风折得更弯
比一个人更易变形
却从不失真
一回到这里，就将新生
像肉身担当死亡，又像金身
塑造内部的光

定风波

一棵树向上才能生长。一条路呢
每条路都有方向。但方向
向何方

一个方案整夜穿林打叶，何不吟啸
且徐行。如果面临生死呢
慷慨赴死易。如果两万人相跟呢

傍晚的雨，在郊外野树林突然下了
疏落到滂沱，只有七步之遥
没什么猝不及防
本来无处躲雨

竹杖芒鞋只属于一个人
如果十万道目光贴在背上呢
更大的雨，一定裹着雷电
沿斜照爬上山头

旷达不是将自己放下

而是将一群人抱在怀中

除夕之夜

生命中所有事物
已不能用时间标注
它们都在为岁月的轴承抛光

那些砂轮上的颗粒
无一不是脚掌的顿挫固结
那些锉刀，都以心跳铣削

如今用来研磨四季的肝肠
万物顺滑地飞旋
而我已没有什么可以修改

时常在深夜倾听，尽管
完全不知道想听到什么
只为让自己也一样悄无声息

筋骨

还有比金属更硬核的名字吗
还有比钢铁更软弱的金属吗

清早，角钢、槽钢每吨下调 20 元
中厚板、热轧卷板下调 30 元
这是秋天，最先抵达的地方——

台风和雨季，人们走在大街上
钢铁独自跳水

今天，炉火嘶鸣，踢踏着云头雨脚
中控室里，鼠标跨过一个时代
铁水一滴一滴落下

不久前，它还是最新鲜、最滚烫的
血液，在大地上奔涌
如今一次次灼伤掌纹

使命般的疼痛
浇铸筋骨。我不倒下
钢铁就一定比我更坚韧

从内部打碎自己

炉前工说：你听到的是风机声
高炉本身是安静的
铁水也没有声音，那是风声

我以为冶炼必定是矿石与焦炭
彼此以命相搏，激烈，决绝
让铁原子夺路而出

它是安静的。像春天从枝头
自然而然地长出来，像果实
在午后阳光中晃动圆润的光

炼铁就是铁元素矿化的逆行为
像一个人面对命运
咬着牙，从内部打碎自己

梨花般飘洒

有多久没再提及故乡
从一个村庄到大半个天空
到一个纯粹的地名
时间与我做了什么交易

至少这么久，手中的笔
在矿石、焦炭和钢材上变换数字
写下一个又一个日期
没有一处落在故乡名下

如果说抬头望着窗外
云彩向南或向北滑行
时而触动人生的节点
也是一次次雨打风吹

今天突然想起故乡，因为三月的
第一天竟然大雪纷飞，像记忆中

梨花般飘洒。这正是我的泪腺啊
像晚钟那样，像江河那样

明亮的日子

这是一个明亮的日子
每个明亮日子都值得纪念
石楠白色花朵正在找回花蕊
晚樱不知疲倦地擦去疲倦
连日沙尘暴，城市躲进
一只油纸灯笼
钢铁厂是它永不熄灭的灯芯
从遥远地方眺望
像一条布满春天的夜路

今早阳光突然回头，像那一次
山道即将折向云中，有人
因为一盏灯，突然转身
一些终将消逝，一些永远留下
寂静而光明

该怎样描述钢铁

我该怎样向你描述钢铁
说它的炽烈、坚硬、峻拔、可塑
还是软弱、易折、不断生锈?

把铁元素从矿石中取出来
如同把意志从肉体中分离
从暴躁的钢坯到沉稳的轧材
如同修炼，以为
无往不利或坚不可摧

资本是市场的法力吗
每当亲眼见证钢铁的苟且和倔强
我在肉体中恨铁不成钢
谁的紧箍咒，勒住冲动的胸腔

重新长出翅膀

沿着产线往前走，离自己越来越近
从连铸到炉卷轧机
中厚板从天车上吊起
放在身体的某个部位。我开始坠落

这时，一路上的坑坑洼洼都不见了
不再忧惧市场的脸色
普蓝色的钢材幽幽生光
因为安静而富有力量

我下坠不是自由落体
果实从枝头跳下来，在草丛中
滚动，摇晃，酣睡。收集美好事物
仿佛正重新长出翅膀

铁

铁的坚硬与我无关
所有伤痕，与铁有关

左手，柴刀时常认错树枝
右手拇指，削铅笔时多余的追问
两边脚踝，坡地突然掏出石头
向犁铧讨要去年的收成
牙齿，总是恨铁不成钢
还有一种铁
叫高铁，时间再也回不到季节

另有几处，在肘尖和膝盖
骑自行车时，接触我的
车把、车座、脚蹬都不是铁
侧击我的大地
比铁坚硬

踏遍青山

从井里打上来，每滴水
都有无机盐。多像我
每个脚印都有青山

一生爬高上低，每处伤口
都与石头有关。只有铁
可以侵入粗糙的时间

铁在关节上氧化
一用力，就露出伤疤

疼痛是水里的盐
除了自己，没有人尝得出来

踏遍青山，慢慢成为一条河
不是许多人有意无意扔进石头
才看起来似有波澜

柞树林

对一个半辈子
上山下山的人来说
中年风景就是深秋漫坡上的
柞树，单一，单调
一身单衣，挤挤挨挨虚张声势
行情衰落，放下蚕簸、采叶箩
开挖花岗岩。中年大抵如此
柔软食物适宜疲倦的脾胃
却必须紧握一种不称手的铁器
从坚硬内核中，寻找基本有机物
没有蛋白质就没有生命
一番寒潮，这些树
纷纷落叶。靠近，有沙漏声
和花岗岩一种颜色，一样沉默
但一点就着，有比铁更硬的火力

每个路口竖着防火标识。中年
荣枯只是一对挂件
一年四季，身披大风

丝瓜的动词

早春多风。整个冬天挂在藤架上的
丝瓜，沙沙作响。种子是一个动词

地下四百六十米，掌子面只有两人
一挪步，就有山体轰鸣的声音
面对他们头顶上的矿灯
才知道自己有多么恐惧
种子在地下，也是这种感觉吗

冲破与生俱来的丝网
黑暗中，潮湿挤压着呼吸
坚强只是别人给予可见部分的命名
重生之前，先撕裂自己
胚芽成根无不以挣扎的姿势

一听见阳光动身，就拼命向天空掘进
生为短日照作物，必须赶在早春开花
光明是一个动词

燧石

时常深夜久坐
黑暗中，想象苏轼如何点灯
他用什么打火
一块灰白燧石吗

是灰白的天空吗
深冬之夜，人声泯于风声
依然汹涌着，不可平息
我渴望一盏灯

所有照明工具只需轻按开关
即可通宵不灭。为何
总是想象那块燧石
苏轼从哪里找到它的

他似乎从怀里掏出火镰时
一并取出燧石。它们就在一起

我怀里没有。什么也没有
只听见火花爆裂之声

我身体中应有一部分
可以成为燧石。缺少火镰吗
缺少漫漫长夜吗
缺少真正需要一盏灯的地方吗

好马

“店主东带过了黄骠马
不由得秦叔宝两泪如麻”

那黄胆花脸一声啊呀
黑色显示屏上，铁矿石指数的
蹄声，比夜晚还要沉重
日行千里，夜行八百
好马，好马

那一刻，秦叔宝仰望满天泪花
我为何在初春的夜里
一宿无话

金黄的余晖

金黄的余晖洒满大地
抹去又一年的悲喜
这时候，让我吃惊的
不是疲惫的双眼还能发现壮丽
而是依然能够如矿石般感受
火热和力

并且，无论多少风雨
都没有麻木我的呼吸
像高炉，从不曾平静地放弃
心跳的声音
让我庆幸
从没有做到不悲不喜
从不在风雨中呼喊
不在灯下擦洗记忆
甚至不在人群中叹息
只会在掩上的书页留下目光

夕阳西下时若有所思
沉默或者坚持

很久不再许愿了
但我依然祝愿
每一朵雪花都有情有义
让雪和我的生命一起融化
让泪光在眼角明灭
让我在最冷的日子
倾听草根在冻土下的挣扎
让我年复一年
在失望里鼓起勇气

此时此刻，明月当空
万籁俱寂

简单的夜

1

高炉的光焰
从黑夜扑向更黑的夜
思想总在这时
不合时宜地一片雪白

2

窗上映出陌生的脸
我欲言又止
面对岁月
我就是这样惭愧啊!

3

孤独因为思想而存在吗

黑夜里
所有的语言苍白
却坚硬

4

所谓孤独
是思想流浪的大地
在这里
守望
是人生细细的呼吸

5

可是窗外的华北平原无边无际
我为什么要思考
夜与边际

6

多么简单的夜
像矿石一样简单，除了黑
还有内部的光
在等待意义

深寒的下午

这个深寒的下午
回忆秋天的某些细节
竟然愈想愈模糊
像一只松鼠
分明在探头探脑
却只能偷窥，不可直视

秋天是最好的时候
果实、斑斓的叶子
温情而不轻浮的阳光
中年坐拥其间
不用着急，也不必羞愧
这一刻似乎就是用来浪费的
虽然我们的果实只有钢和铁
不如任何一种植物丰美

总有一些事情让我心动

比如刚才看到
一片樱桃叶子那么明丽
这时秋天的茶已经凉了
当我重新泡上一杯
树叶已经落了
有些失去是命中注定的
不然怎会知道它有多好

惭愧

你们今天看见的树都长在道路两旁
与南山的次生林完全不同

它们不会成为冬天石阶边的劈柴
在站着两三只灰喜鹊的瓦屋顶
温暖而婉约，融入暮云

它们只能日复一日
稀稀疏疏地挂着任由季节忽略的努力
喧嚣的长街上沉默着落下全部的热爱
比时间还要匆忙而忘情的脚步
踩踏成大地的尘埃

我就是来自南山的那一棵啊
如今站在钢铁厂区
仍然会在每一个黄昏眺望远方的屋顶
每天清晨都认真地思考

该让哪一片叶子迎接曙光

你们喜欢在我身旁讨论各种意义
这让我多么惭愧
而且，用尽一生
也不能找出一个词
让自己比另一棵树显得高贵

长在山顶的草

这是今年最热的一天
在两座高炉之间，像一棵草
坐着。忽然很想爬山
那种无数次望见却从未上过的山
烈日炎炎，大汗淋漓
找一个地方坐下
不一定有树荫，随便坐下
半生都不曾放声歌唱。这时候
肯定不会因为上到山顶而大声呼喊
爬一座山而已，不必假装
从未经历简单的快乐
爬山的目的也并非证明尚未老去
而是老之将至还能为一种草上山

那些长在山顶的草
告诉我
长在山顶仍然是草

告诉我，长在山顶
仍然认真地做一棵草
告诉我，大风可以带走
种种颜色
却留下山顶的草
这样一想，整个夏天
就变得寻常
或不同寻常

早起的人

早起的人站在阳台上
这时候人很少
看见他的人更少
所以早起不是为了看见谁

他看见晨曦
正轻快地涂抹在二号高炉上
是的，晨曦
似乎从没碰到这个词
此刻，突然从天边飞落眼前
一下子就感动了
觉得早起
原来是一件幸运的事

他想说些什么，终于
什么也没有说
尝了一下天色的味道

证据

当我用比喻表现事物
常常心里发虚
因为，有一种人
在谈论艺术时
说这是诗的荒芜

而我从来就是这样无力
看到用铁轨比拟人生
就感到呼啸的疼痛
当我用狗尾巴草形容命运
就会久久沉默不语

我写下很多文字
一直找不到合适的比喻
今晚，在钢铁厂，看到热浪
又在天空上烙下一层层波纹
——这就是我
活着并感动着的证据

仿佛奔流

从一个地名到另一个地名
已没有最初的漂泊
岁月真的是一条河
从哪个渡口都能看见奔流

落日之后，黑夜终将到来
我所期待的未必满天星斗
如果雨刚好落下
也愿意通过雨声
看到那条河

初夏如此短暂，一阵热风
将平原上的麦子悉数带走
大地并未变得空旷。比如我
坐在风机、轧机、烧结机之间
仿佛奔流，又仿佛打着旋涡

时光没有那么快

时光没有那么快
高炉光焰已穿越整个平原
中秋的月亮才刚刚升起

它一瞬间
将我带回从前。多少年
都是这样，奔跑中
把一个个节日
变成陌生的日子

每当这时总是渴望倾诉
但月亮早已在大地上
铺满时光的颗粒，磨去
那些关于命和使命的话题

灯盏

终于找到它的
灯盏。挑长灯捻
让它尽情燃烧。像朝霞一样
短暂地燃烧

多少次寻找火焰的源头
只看到大风里，辛夷满树花蕾

想起真实天空中
划过的传说，都以燃烧的方式
扑向大地
还是刨不出一个词
为冬天的植物松土

早晨，当我又看到
一棵荠菜，沿着重霜的厂区

爬行。终于忍不住
一滴泪扑向天空
让它燃烧。它终于燃烧

整理

鸟为什么总喜欢在早上
叫个没完

不止鸟鸣，还听见
长庚星一下一下推醒
钢城边沿的风

露珠从佛甲草上
滚落，惊得洞中的蚂蚁
双眼一抖

每个清晨，我就是这样
以倾听万籁的方式，将自己
整理一遍

时间还在原地

一个极易被时间裹挟的人
走在钢铁厂，更加急迫
四周都是奔腾、喷涌之声
天空在极高处凝固，又被日光熔化
由里到外火热滚烫
像一只钢包
当钢水注入时间的模具
就永不停歇地被连铸、轧制、精整
时间还在原地，我早已跋山涉水

皮囊

钢铁遇见大海，不会走投无路
我们在市场的峭壁前
用成本的锤子，向岩体楔进
缺乏想象力的钉子
攀缘而上，以表示对怯懦的否定

钢铁将自己展开。宽阔的甲板上
云彩和海鸥彼此筑巢
连铸波涛，也切割波涛
捕捞天空，也养殖天空
只有星河让它变得柔弱

制造钢铁，我们
献出坚硬，献出坚强，献出坚韧
一副皮囊，也在山海之间飘荡

灰烬

钢轨边一丛紫菀。每当
运送矿石和煤炭的火车经过
都侧过身，低着头

没有谁需要它让路
厂区里车速很慢
一路紧追的风也已在厢体小憩
仍然尽可能腾出更大空间

这是一种习惯吗？如同我
每次在出铁口望见流淌的火焰
瞬间被点燃，亲眼看到
轻的部分化为灰烬

燃烧

夕照在燃烧
将高炉投影在草坪上
我站在中间，看到
高炉如同划着落日的火柴
黑暗一步步走近
高炉把光焰投射在草坪上
像深夜跳动的心脏
我站在中间，幸运得
如同燃烧的矿石

关于蔷薇的形容词

一大早，只是弯个腰
蔷薇就开了

红的粉的白的黄的花
都是单瓣的

看着它们，觉得整个世界很简单
如同铁是单原子

它们不是说开就开
是想开就开。单纯了，就轻松

这里待一会儿，没有什么不可熔化
有时候，说着说着蔷薇就化成晚霞

春分

花在中午开放
阳光一点点倾斜
每一丝温暖都舍不得离开枝头
那些梅桃李杏
那些玉兰海棠连翘
还有荠菜繁缕蒲公英婆婆纳
一齐用力从黄昏开始
平分这个春天
每座高炉与烧结机之间
都出现小片时光的裂隙
从中穿过白云、鸽群
和并不刻意的仰望
仿佛天空存有一个人
之于这座钢铁厂的假想和执念
如同夜半从书上读出钢铁之声
也会从轧制过程，突然看到
轰鸣

也是一种辋川和东坡

没有起始，没有结尾

没有具体的时间和地点，甚至

除了像春天的丛林那样生长

没有别的方向

在人间

每次走进车间
都觉得正在熔炼、连铸、轧制的
是我自己
炽烈与轰鸣，群山般深邃与高耸
有隐居之心

是啊，在一座钢铁工厂归隐
无田园荒芜，无丝竹乱耳
朝阳从中间包斟满天空
转过身，晚云在冷床上擦拭星斗
它们都从心地经过
带走杂质和脆弱、犹豫和孤独

不需要挽留，也不必争论
加热炉的余温足以让心情变得宽阔
在钢铁中浇灌花朵
凋谢的是山中一日，不是千年
我从来就在人间

存在

每块矿石必定为高炉所热爱
不然，铁水怎会那么欢快
我在最寒冷冬夜也感到幸运
燃烧不会都成灰烬
也可能是永生

金箔一样的晨光

金箔一样的晨光
穿过连阴雨，风一下就凉了
炼铁厂的炉火从未熄灭
钢价的秋天说来就来
其实也没什么
该来的，从来没有不来

我在最绝望的时候
都不曾失望
第一阵秋风吹落几片叶子
贴在鞋上
这是催我早一点出发
遇到春天吗

那就让阴雨般的宿命抵达我
让金箔般的快乐抵达我
让末日般的幸福
抵达我

日子多么轻

日子多么轻
风一样吹过，我的生命
不需要火把点燃
每天早晨劈柴
暮色里，烧成灰烬

这个万物都在闪光的时刻
一个人的悲伤是荒谬的
钢城的广场上
多想和今天的阳光一起飞奔
像一个孩子，一个未来的孩子
虽然我正在老去
从未因此而羞愧

每一个日子都勇敢地发芽
岁月里次第长成森林
千万间广厦

我不是任何一条桷櫄
每天早晨劈柴
不需要火把点燃。我的生命
在每一个黄昏烧成灰烬

一场秋雨一场寒

一场秋雨一场寒
而中年让时间变得温软
不必在意是否还有果实成熟
在钢铁厂，尽可以上最高的楼

这个时候不必思念
因为我突然发现
站在最高处，天涯仍然可以望断
当我想以一个词表达秋天时
就只想到了秋天

也不必从远方想到更远
一场秋雨又一场秋雨
适宜在夜半醒来，雨打在窗台
落在漠漠南山
从一些无关紧要的事情开始

数数今晚是第几场秋雨

应该告诉谁

一场秋雨一场寒

光影

总有一天，我像脱硫脱硝之后的
烟气，飘散在空中
那时，钢铁厂会在风雨里
像灯塔那样指路吗
像一只鸽子展开宽大翅膀吗
坐过的草坪，还有长久低头
在鹅卵石小道上刻下的痕迹
脚印仍在高炉和轧机之间咣当作响
我用过的那只搪瓷杯，盖子仰着
如果紫色楝花和白色槐花还来敲门
一定会听见
像下午倾斜的阳光那样起身
春风像秋天那样抱住我
指给我看旷野上的谷穗
和谷粒中赤金的光
光影里，一个人弯腰走过
提起落花和祝福，尘埃一样飞舞

引子

常常在凌晨乍醒
感觉自己是一块矿石
睡在亿万年的时间里

一些事情翻来覆去
一条舢舨在海上，被风摆弄

仿佛不投入熔炉
就会继续氧化
忍不住回想
这么长的夜和那么短的一生

我只是矿石中的铁原子
拼命挣脱的只是自己

对话

子夜，望着窗外橘红天空和
涌动着的金色、白色波涛
有一点点摇晃，像站在一条船上
光的起伏
便是牵星板或六分仪
就知道哪些来自焦炉，哪些来自高炉
哪些是风机和轧机的扰动波长
它们已经给夜空打上烙印
夜色也为每一座建筑物和构筑物
标记了指纹
它们常常在深夜对话，用另外的语言
有隐秘的表情，却裸露真实的感情
这让我着迷
让我久久披衣站在窗前

林间小径

怎样突然来到这座钢城
年轻时，我从哪一片森林穿过

在钢铁面前，我无力而又倔强
也一再见证，钢铁的脆弱和
火焰般的纵情

多年以来，在潮湿的森林中
我的脚印和呼吸已逐渐氧化
就是来到这里的理由吗

钢铁与我，都有虚无的部分
不是缺陷，是需要彼此途经的
林间小径

时间就是这场大雪

雪从黄昏开始，渐渐覆盖钢铁工厂
清晨，风机、轧机、烧结机的声音
纷纷钻进雪里
四周安静下来

一群鸟飞走又飞回
知道它们的名字
披上雪花，难以分辨。也许
多年后，时间就是这场大雪
我在其中隐隐飞过

那时，谁会在铁区和炼轧车间之前
看着铁水罐车把风雪化作云彩
如同开掘一条不太长的隧道

小广场上，雪积了很厚
突然想快乐地踩过。终于没有抬脚
留给后来的人吧

我们（代跋）

我们也不谈论美学、品位、格调
把书一摞摞摆放在楼梯一角
拾级而上，或从天而降
淡绿墙壁，像忧郁症的药方
一把灰色和一把红色沙发
还有楸木摇椅
地毯有些破损，我们变得轻盈
如同对于岁月的传承和珍爱
每个房间都有书桌
狭小，铺满天光，深不可测
每张桌上都有洁白稿纸和圆珠笔
不是要顺手写下风雨，而是
整栋房子似乎从未停止思想
土陶盆里，花毛茛照亮
大平原的沉默

一切沉默都与衰老无关

我们有理由继续相信星空与内心

对于光，从不临摹，只是模仿